거울이 나를 본다

이태수 시집

문학세계사

열네 번째 시집이다. 『따뜻한 적막』(2016년 여름) 이후 한 해 동안 쓴 작품들을 얼마간 뜯들이고 묶히며 재구성해 담았다. 적막을 따뜻하게 끌어안으려는 마음에 조금은 금이 가 있는 듯도 하다. 삶의 비애는 아무래도 벗어나기 어렵고, 그 파토스들이 끊임없이 이랑져 오기 때문이다.

삶은 더 나은 세계를 향한 꿈꾸기이며, 시는 그 기록들이라 할 수 있다. 하지만 꿈은 언제까지나 꿈으로만 남을는지 모른다. 오랜 세월 초월에의 지향에도 불구하고 진정한 자아 회복에 대한 목마름은 여전하다. '나'를 찾아 헤매 왔지만 '나'는 '내 허상의 허상'이라는 생각에서도 자유롭지 않다. 가파른 세파는 늘 상처를 덧나게 하고, 불면의 밤을 가져다준다. 눈을 떠도 감아도 내가 목마르게 찾고 있는 '내'가 보일 듯 말 듯 희미하다. 애써 봐도 마냥 떠밀리고 떠내려가는 느낌마저 지워지지 않는다.

왠지 요즘은 자주 거울을 들여다보게 된다. 물같이 가는 시간의 흐름에는 사방 연속무늬의 얼룩들이 어른거리고, 거울에 비친 내 모습이 처량해 보인다. 그런 나를 거울이 물끄러미 바라보고 있는 것만 같다.

2018년 봄 이태수

□ 차례

1

2

3

4

1

유리창

유리창 너머를 바라보고 있으면
새들이 날아들고 나무들이 다가선다
그러나 다가가고 날아가는 건
정작 내 마음일 따름이다

마음의 빈터에 새들을 부르고
나무들을 끌어당겨도 부질없는 일일까

유리창은 투명하고 견고한 벽이므로,
견고한 만큼 투명하고 투명한 만큼
견고한 유리창은
이쪽과 저쪽을 투명하고 견고하게
갈라 놓고 말 것이 너무나 분명하므로,

하지만 오늘도 창가에 앉아
유리창 너머 풍진 세상을 끌어당긴다

분할된 안팎을 아우르는 꿈에
안간힘으로 날개를 달아 본다
유리창 이쪽 마음의 빈터에 나무를 심고
새들의 노랫소리도 불러 모은다

하늘은 언제나

하늘은 언제나 거기 그대로다

날이 가고 달이 가도, 해가 가고
이 세상이 자주자주 바뀌어도,
새들이 포물선을 그리며 노래해도

마냥 제자리에서 내려다본다

꽃들이 피었다 이내 시들고
사람들이 왔다가 모두 떠나가도,
달 뜨고 별들이 총총 이마를 맞대도

무덤덤, 표정만 이따금 바꾼다

천둥과 번개 요란해도,
비 쏟아지고 눈발이 휘몰아쳐도,
세상 뒤집어 무너뜨릴 것만 같아도

끝내 한 마디 말도 없다

귀를 열고 바라보면서
비워지고 다시 차올라도 아랑곳없다
이 세상 모든 걸 죄다 품어 안는

하늘은 언제나 거기 그대로다

언제나 그대로라 잘 보이지 않는다
먼 듯 가까운 듯 안 보이는 건
만물이 그 품에 들었기 때문이다

아침 한때

앞산에서 뻐꾸기 울고 아침이 온다
창문 열고 하늘을 올려다본다

이웃집에서 들려오는 그레고리오 성가

갤 듯 말 듯 찌푸린 하늘에
낮게 떠 있는 구름이 성스러워 보인다

간밤에는 악몽에 시달렸으나
꿈 깰 무렵에야 황감히 받아먹은 만나*
낯선 광야에서 헤매던 내가
환한 얼굴로 돌아오는 것 같아서일까
멧새 소리도 유난히 밝다

트릴** 리듬을 타기라도 하듯이 구름은
내리는 햇살과 어우러진다

14

더욱 성스러워 보이는 앞뜰의 산딸나무***

심금을 울리던 성가가 멎어도

음반은 여전히 돌고 있는 것만 같다

* 옛 이스라엘 민족이 애급 탈출 때 광야에서 여호와로부터 받은 음식물manna.
** 어떤 음과 2도 높은 음이 번갈아 빠르게 연주되는 장식음.
*** 예수 처형 때 쓴 십자가를 이 나무로 만들었다고 전함.

아침 숲길 2

헐렁한 모자를 눌러쓰고
아침 숲길에 든다
간밤의 꿈 부스러기들이 뒤따라온다

날개를 퍼덕이는 새가 되어 날았다
천사들과 함께 옥빛 하늘의 깊은 궁륭에서
노래들을 주고받기도 했다

벼랑의 나뭇가지에 매달려
비명을 지르다가 간신히 잠에서 깨어났다
가위눌린 채 몸부림쳤던 것 같다

숲길도 새소리도 지우개가 된 걸까
한참을 걷다 보니
모자를 벗고 싶어진다

길은 멀다

하늘은 아득하고 길은 멀다

이따금 새들이 마음에 날개를 달아 준다

맑은 노래들도 끼얹어 준다

하지만 속절없어 또 술잔을 비운다

다시 채운 술잔에 어리는 빈 수레바퀴 소리

유리창 너머 나뭇가지에 걸려 있던

낮달도 그새 지워져 버린다

이젠 별들이 점점 가까이 눈뜰 차례인가

바람은 연방 등을 떠민다

구름 그림자

구름 그림자가 지나간다
뒤뜰의 낡은 벤치에 앉으면
아득하게 잊힌 기억 몇 가닥,
애써 잊으려 했던 몇 토막 기억이
구름 그림자 따라 얼비치다 사라진다
벼랑 끝에 선 어린 시절의 내 모습도
저만큼 다가오다 멀어진다

어디선가 새들이 맑게 지저귀지만
무슨 뜻인지는 알 수 없다

그저 듣기만 한다

떠나면 안 돌아오는 강물과
앞으로만 가고 있는 세월의 뒷모습

그런데도 오늘은 왜 이리도

까마득하게 잊었던, 그렇게도
애써 잊으려고만 했던 기억들이
마음 흔들어 글썽이게 하는지, 왜
그 기억들이 나를 들여다보고 있는지,
뒤뜰의 낡은 벤치에 앉아 덧없이
구름 그림자를 바라본다

흐렸다 갰다

흐렸다 갰다 합니다
하루에도 몇 번씩이나 그렇게
갰다가 흐려지고 흐려졌다가 갭니다
내 마음의 외진 골짜기, 낡고
오래된 이 골짜기만 그런 걸까요
삐걱대는 바퀴 소리가 정말 싫습니다
요즘은 날씨도 그렇고
사람들도 밥 먹듯 손바닥 뒤집어
더욱 그런 건 아닐는지 모르겠습니다
내 탓이라고 마음 다잡아 보아도
정신줄 단단히 붙잡고 당겨 보아도
그 고삐가 쉬이 풀어져 버립니다
날이 갈수록 이 세상은
요지경 같아 갈피를 못 잡겠습니다
어제는 어제, 오늘은 오늘이라는
그 말이 틀리지는 않은 걸까요
그 말대로라면 내일은 또 어떻게

달라질는지 도무지 앞이 안 보입니다
정신 나간 채 널뛰기 하는 듯한
나도 참 한심합니다

나는 안 보이고

계수나무 아래 길게 드러누운 내 그림자,
마음은 나무 꼭대기로 기어오른다

나는 미동도 않고 서 있지만
그림자의 키는 점점 길어진다

길어지다 이윽고 사라진 그림자를 따라
내가 어디론가 가 버린 걸까
안 보이는 그림자 속으로 스며든 걸까

계수나무는 그대로 서 있는데
미동도 않던 나는 안 보인다

하늘에는 별들이 총총 흩어져 앉고
둥지에 드는 새소리가 어렴풋이 들린다

나의 나

새들이 나뭇가지에서 조잘거린다
해가 지고 날이 저물자
누군가 어둠살을 헤집으며 걸어온다
산모롱이를 돌고 돌아
그 휘어진 길을 끌면서 다가온다

그는 잠시 손을 흔들더니
두 손을 호주머니에 깊숙이 찌른다
저만큼서 멈춰 서 버린다
새들이 하나둘 나뭇가지를 떠나고
점점 두터워지는 어둠살

불러도 그는 아무런 표정도 없이
어둠 저편으로 가 버린다
눈을 감은 채 어둠속에 홀로 서서
내가 나를 들여다보면서
그가 바로 나였다는 걸 깨닫는다

천사 떠나고

천사는 어디론가 떠나고

어렴풋이 귓전을 두드리는 새소리,

그래도 눈을 뜨고 싶지 않다

한때의 따스했던 그 풍경 속에

마음을 붙들어 매놓고 싶다

점점 가까이 또렷한 새소리,

하지만 오래오래 눈 뜨지 않은 채

그 꿈길을 거슬러 오른다

달과 별

초승달이 구름을 비껴간다
잠시라도 다 가려지기 싫어서일까
마지막 남은 길, 혼신을 다해 간다
내 가슴에는 조그만 달 하나
먹구름 사이에 떠 있다

일필휘지로 흐르는 강
어둠살이 밀려올 즈음부터
새들은 어디론가 모두 떠나 버렸다
낮에 새들이 노래를 떨궈 놓은
강물엔 별들이 내려앉는다

서녘으로 기우는 초승달
구름도 뒤따라 서산을 넘어간다
하지만 내 가슴의 이 조그만 달은
붙박인 채 미동도 하지 않는다
별들이 팔방을 감싸 준다

종소리

강물이 엎드려 흐른다
낙엽 몇 장이 반짝이며 떠내려간다
그 위에 엷게 포개지는 햇살도
내 마음 한 자락도 점점 희미해진다

서산마루에 걸리는 해,
하루치의 그림자들이 제 시름 속으로
천천히 발길을 거두고 있다
누군가의 발소리가 등 뒤를 스친다

가까이 다가오는 종소리,
우두커니 서 있는 은사시나무들이
강물 위의 별들을 들여다본다
종소리가 연방 별들을 흔들어 깨운다

보라 풍등

밤하늘에 매달려 있던 풍등들이

몸 작게 바꿔 내려온 걸까

도라지 봉긋한 보랏빛

꽃봉오리들

막 불을 켜들고 있다

이 밤 깊어 날 새기 전에

가고 싶은 길 하나 밝혀 주려나

아버지, 아버지

눈을 감고 듣는 빗소리 저편 먼 데서
기억 몇 줄기 느리지 않게 다가온다
이내 발길 거둘 듯, 또는 그렇잖게
이다지 쓰리고 아프다

아득히 잊었던 그 한겨울 한낮
세차게 몰아치던 눈보라

혼절했다가 깨어나 다시 혼절하던
그 하늘과 땅, 벼랑, 절망

아버지, 아버지, 아버지……

오늘 내리는 비가 뜬금없이
그 눈보라와 손을 맞잡고 있는 걸까

눈 뜨고 창밖을 바라본다

비가 쉽게 그칠 것 같지는 않다

예까지 온 내 발자국들이
하나둘씩 일어나며 빗물에 젖는다
예순 해 전 눈보라에 절규하던 내가
지금은 비 맞으며 창밖에서 나를 본다

눈을 떠도 감아도

안 보인다고 눈을 감으면
안이 보인다
차 있듯 텅 빈 안이 보인다
다시 눈 뜨고
안 보이는 길을 더듬어 나선다
구름과 함께
발바닥이 자꾸만 허공에 뜬다
서편 하늘에
희미하게 기울고 있는 낮달,
바람이 분다
안 보이는 길 찾아 떠돌아도
속절없을 뿐
내가 나를 어찌해야 할 것인지
눈을 감은 채
텅 빈 내 안을 들여다본다
내 안의 내가
그 바깥의 나를 쳐다본다

유리걸식流離乞食

나는 떠돌이 말 거지랍니다
오늘도 유리걸식, 길을 나섭니다
이 집 저 집 문전에서 구걸을 해도
이내 허기에 빠져드는 말 거지랍니다

모래알같이 많고 많은 말들 가운데
내가 끌어당겨 그러안는 말들은
모래밭 위의 누추한 누각 같습니다
뜬구름 잡는 허공의 뜬구름,
밑 빠진 독에 물 붓기라고나 할까요
그래도 유리걸식, 모레도 글피도
꿈꾸는 이 발길을 못 돌릴 겁니다

말을 찾아 정처 없이 떠돌아다녀도
아무리 문전박대를 당한다고 해도
유리걸식을 안 할 수 없습니다
나는 한갓된 말 거지랍니다

말 동냥

내 마음속 새 한 마리가
저만큼 앞장서 날아간다
서둘러 따라가도 저 혼자 먼저
이 문전 저 문전에서 말 동냥을 한다
동냥한 말들을 나무에 매달거나
그 아래 풀잎에 쟁이기도 한다
이 문전 저 문전에서 서성대던 나는
멍하니 바라보다가 일어선다
새는 어느새 또 날아간다

하늘이 구름을 거둬들인다
거침없이 뛰어내리는 햇살이
유리걸식 동냥한 말들을 내리쬐다
아득한 허공으로 데리고 간다
새는 뒤를 좇으며 날아오르다가
빈 몸으로 되돌아와 날개를 접는다
우두커니 그대로 앉아 있어도

내 마음속 한 마리 새는
말 동냥 갈 채비를 한다

(나는 말을 찾아 떠돌지만 아무래도
빈 쪽박 유리걸식만 하는 모양새다)

2

월광곡月光曲

제 발치 물끄러미 내려다보고 있는
벽오동나무, 커다란 잎사귀에
노 저어 내리는 달빛

오래 기다린 그 사람 올 것만 같아,
그 발소리 나직나직 다가서듯
들리는 것만 같아

하염없이 달빛 끌어당겨 그러안는다
잦아들듯 젖어 오는 풀벌레 소리,
서늘한 바람 소리

벽오동나무가 비단을 짠다
달빛과 풀벌레 소리로 비단을 짠다
밤 이슥토록 제 홀로 비단 자락 펼쳐 낸다

그 사람 끝내 안 돌아와도

먼 데로 영영 떠나 버렸을지라도
그리운 마음, 달빛, 풀벌레 소리 엮어 짠다

바람 소리, 풀벌레 소리,
벽오동 잎사귀에 내린 달빛 촘촘한
비단 한 필, 그 사람 더듬어 펼쳐 올린다

오동보랏빛

보라 꽃 만개한 오동나무 가지에 앉은

새들의 노랫소리도 보랏빛이네

그 옛날 나라 잃은 가야 여인의 한恨이

어리고 서려서 그런 것일까

그 여인이 타던 가야금 산조

애절한 그 심중도 오동보랏빛이었으리

새소리 쟁이는 저 오동나무는

보라 음색 가야금으로 거듭나고 싶으리

별밤에

부질없이 떠돌던 마음을

붙들어 앉힌다

유리창 너머 별들이 내려오고

모처럼 바람 소리도 잠을 잔다

제 몸 사르며 타오르는 촛불

밤이 깊어갈수록 영롱한 별빛

어둠 속에 가부좌 틀고 앉는다

창유리에 부딪는

별빛과 촛불을 껴안는다

강물 위에 편지를 쓰듯

강물 위에 편지를 쓰듯,
바닷가 모래밭에 그런 사연을 적듯이
그렇게 또 하루를 끌어안는다

잎사귀 떨어뜨리는 산딸나무 가지 사이로
빗금처럼 미끄러져 내리는 햇살

새들은 제 그림자를 벗으며 둥지에 든다
끝내 입언저리에 말라붙어 버리고 마는
말들, 푸른 추억의 지스러기들이
검붉은 낙조落照에 파묻혀 가고 있다
나는 또 그렇게 하루를 보내야 한다
이쪽 문이 닫히면 이내 저쪽 문이 열리듯,

평행이나 역방향의 길을
우리는 거스르지 못하더라도 가야 한다

산딸나무 우듬지에 쌓이는 낙엽을
하늘이 내려다보듯이, 새가 허공으로 날듯
먼 불빛 더듬어 길을 나서야 한다

늦가을 저녁에

오동나무 잎이 하나둘 가지를 떠난다

또 몇 잎 소리 없이 떨어지고
멀어지는 누군가의 발소리

샐비어들이 빨간 꽃잎을
한껏 밀어 올리지만
노란 국화들은 벌써 시들시들하다

해가 서산을 넘어가고
새들이 둥지에 든다
이쪽의 문이 닫히면
저쪽 문이 열리는 법

마을에는 집집마다 불 환히 켜진다
떨어진 밀알 하나가
때를 기다려 거듭나겠지

곡哭소리 사이로 간간이
막 태어난 아기의 울음소리

오동나무는 그사이 빈 몸이 다 돼 간다

고엽枯葉*

또 한 잎 낙엽,
그 붉은 잎을 가슴에 묻는다
젊은 바이올리니스트는 피치카토로
'고엽'의 마지막 소절에
낙엽 소리를 몇 점 끼얹는다

너는 어디쯤 가고 있는지,
가서 영영 돌아오지 않는 너와
나 사이의 서늘한 바람 소리,
네 뒷모습이 이다지도 아프다
붉게 타오르는 서녘 노을

내 곁의 젊은 바이올리니스트는
잰걸음으로 가 버리고
홍단풍나무 밑 벤치에 홀로 남는다
발치에 떨어진 낙엽 몇 잎이
나를 올려다본다

* 조제프 코스마가 작곡하고 이브 몽땅이 불렀던 샹송.

네 뒷모습

서녘 하늘에 걸린 몇 조각 붉은 놀,

내 마음도 저리 붉다

세월이 가도 차마 잊지 못해

네가 떠난 길을 더듬어 나선다

작은 새가 배롱나무에 앉아 슬피 운다

놀이 다 스러지고 날 저물어도

되레 선명해지는 네 뒷모습,

따라나서면 멀어지고

멀어지는가 하면 가까이 다가온다

문상직*의 양 떼

문상직의 양 떼는 오랜 세월 동안
구름밭 아래 노닐고 있습니다

산허리에는 비단 안개,
구릉을 감싸고 도는 초원에는
뉘엿뉘엿 해 기울고
저녁놀이 새 옷을 갈아입고 있습니다

눈을 지그시 감았다 뜨면
양 떼 따라 나서던 내 마음에도
슬며시 보랏빛이 끼어듭니다

박목월이 아끼던 책보자기보다
수만 배나 넓은 보랏빛 보자기가
하늘과 구릉들 사이에 펼쳐집니다

문상직의 양 떼와 함께

저물녘 구름밭 아래 서면
신비스런 숨결이 아주 가까워집니다
시름 내려놓고 그 너머로 갑니다

나는 보랏빛 꿈속에서 한동안
한 마리 어리고 순한 양이 됩니다

*서양화가.

신문광*의 꽃

신문광의 그림들은
발랄한 원색으로 치장한
꽃들을 떠받들고 있습니다
그 절정의 순간에도 꽃잎들이
백색으로 돌출하기도 합니다
하지만 어김없이 날아오르는 꿈에
퍼덕이는 날개를 달고 있습니다
안 보이는 바람이 이따금
그의 마음과 어우러져 춤춥니다
나무나 풀들은 일제히 기립 자세로
어깨 걸고 하늘로 솟구칩니다
초록과 청색에 감싸여 있는
젊은 날의 추억과 그리움이
환상의 세계로 아득하게
날아오르기도 합니다

*서양화가

변종하*의 새

꽁지 하얀 새가 날고 있습니다

배경은 푸른빛입니다

아득한 허공으로

새는 날고 있을 뿐

내려앉을 땅은 보이지 않습니다

오로지 먼 하늘나라

변종하의 꿈들이

거처를 옮긴 그 세계로

하염없이 날아오르고 있습니다

*서양화가

풀리비에 우리 집

풀잎 위에, 풀리비에
즐거운 우리 집

풀잎 위의 이슬같이
풀잎 위에 내리는 햇살같이
우리의 꿈길을 열어 주는 집
언제나 사랑과 평화가 넘쳐
따스하고 맑고 밝은,

풀잎 위에, 풀리비에
행복한 우리 집

심등 心燈

등불을 지핀다
마음의 어두운 골짜기
무명에 불빛이 스며든다

밤하늘의 별들이
느린 걸음으로 내려온다
눈을 감은 채
더듬어 안으로 깊이 내려선다
내려놓고 비운 자리가
가까스로 환해지기 시작한다
심등의 불빛이
별빛과 한데 어우러지며
무명을 밀어 댄다

이 밤의 심연, 이 꿈속에서
그 빛들 지그시 보듬어
아득한 길을 간다

강가에서

낡은 거룻배 한 척
강가에 붙박여 있다

늙은 사공은 어디로 떠나 버렸는지
뜬구름 몇 가닥 유유히
허공에 노 저어 간다

이젠 노 저을 사람이
아무도 없을 것만 같다
야속한 바람이 옷자락 흔들어 대고

구름 그림자 아래서
나는 서성거릴 뿐

진창길

창밖은 칠흑같이 어둡고
난로 위의 주전자 물이 끓는다

또 진눈깨비가 내리려는지,
흐리게 보이는 산발치의 나무들이
이쪽을 향해 몸을 비튼다

몸피가 커지는 갈증과 허기,
아무래도 채워지지 않는다

주전자 주둥이가 더욱더
맹렬하게 김을 뿜어 대고 있다
마음은 또 진창길 나서고

밖이 안 보이는 창유리에 웅크린
내 허울들이 얼비친다

잊힌 길

아득히 잊힌 옛길 한 가닥이
오늘 아침, 햇살을 타고 다가온다
오랜 비바람에 사라져 버린 줄 알았는데
웬일인지, 유리알처럼 투명하다
빈 몸으로 서 있는 나무와 나무,
그 꼭대기와 꼭대기로 옮아 앉는 새들

어디선가 들려오는 탬버린 소리,
얼음꽃들이 눈부시게 햇빛을 되쏜다
그 풍경 속으로 천천히 걸어 들어간다
아무리 가고 싶어도 갈 수 없던,
그래서 기억 저편에 묻어 둬야 했던 길이
탬버린 쨍한 소리 위에 펼쳐진다

이 세상 모든 것들은
한 번 가면 다시는 안 돌아오는데
기억 저편에서 되돌아오는 길이 있다니,

잊혔는데도 비바람과 눈보라 넘어
새 얼굴로 다가오는 그 길을
오래된 내일이라고 불러도 될까

오늘 따라 웬일일지
새들이 벌거벗은 나무와 나무,
그 꼭대기로 옮아 날면서 유난히 지저귄다
한겨울 이 아침, 까마득히 잊힌 그 옛날
그 길이 왜 유리알같이 투명해지는지
내가 어떤 마법에라도 걸려든 건지

내리는 눈은

내리고 또 내리는 눈은
눈에 보이는 것들을 죄다 덮는다
눈송이들은 하늘의 보푸라기들일까

소리도 내지 않고 내려서
지상의 모든 빛깔과 경계를
희디희게 지우며 감싸 안는다

땅과 나무들, 높낮이 다른 지붕들,
크고 작은 길들 할 것 없이
하나의 모두로 아우른다

낮게 지상으로 내려오는
저 하늘 보푸라기들이 자꾸
온 세상을 들어 올리는 것일까

어둠 위에 내리고 또 내리는 눈은

눈에 안 보이는 길들을 훤하게
트고 닦는 것만 같다

무명無明의 잠

우리는 때가 되면 떠나야 한다
부두에 한동안 머무는 배처럼,
풀잎에 글썽이는 이슬방울과도 같이,

나뭇가지를 붙들고 매달리는
잎사귀들이 시나브로 떨어진다

안 보이는 데까지 울리는 뱃고동 소리,
나뭇잎들은 흙으로 돌아가겠지만
저 배는 어디로 가려 하는 건지

내일은 어김없이 오늘로 바뀌고
오늘은 끝없이 어제를 품어 안는다
망망한 바다, 아득한 허공

바람 소리, 파도 소리
우리는 잠에서 가까스로 깨어나지만

또다시 기다리고 있는 무명의 잠,

알 수 없는 곳에서 왔듯이
그런 데로 되돌아가야만 한다

3

저 옥빛 하늘은

나지막한 쥐똥나무 울타리,
드문드문 서 있는 꽝나무 몇 그루,
새들이 잔치라도 벌이듯 모여들어
노래의 비단을 깔고 있다
나도 슬며시 끼어들어
그 비단 자락에 마음 부려놓는다
눈 감으면 한결 따스하고 포근하다

이제 곧 새잎들이 돋아나고
머잖아 작은 열매들도 맺히겠지
열매들이 쥐똥처럼 알알이 익는 동안
새들은 어떤 노래의 비단을 깔아 줄까
쥐똥나무와 어우러진 꽝나무들은
지난해보다 더 원숙한 춤을 추겠지
마음은 벌써 거기까지 이른다

저만큼서 바라보는 회화나무는

의젓하게 원격 지휘를 하고 있는 걸까
나지막한 울타리와 광나무들,
노래의 비단을 실어 나르는 새들도
일정한 거리에서 회화나무를 올려다본다
그 너머 아득한 저 옥빛 하늘은
이 광경을 표정 없이 내려다보겠지

안 보이는 손길이

안 보이는 손이, 그 손길이
너무나 부드럽다
움츠린 어깨를 두드려 주고
푸근하게 마음을 어루만져 준다

나무들이 까치발 딛고 수런거린다
그 아래 연둣빛 이마를 내미는 풀들,
자목련은 꽃봉오리를 터뜨린다

개나리 울타리를 끼고 도는
노란 병아리들의 종종걸음

아지랑이 너머 앞산이 몇 발자국,
또 몇 발자국씩 가만가만 다가온다
그 누군가가 나를 그러안아 준다

안 보이는 손이, 그 손길이

그지없이 따스하다

겨우내 참고 기다렸던 꿈길로,

그 꿈속으로 나를 이끌어다 준다

봄 전령

바람이 무슨 신호를 보내는지
바위들 사이로
개울물이 반짝이며 흐른다
흐르는 물소리 위에
새들이 노랫소리를 널고 있다

햇살이 무슨 신호를 보내는지
버들강아지들이
물가에서 꼬리를 흔들어 댄다
그 너머 아지랑이는
상긋한 봄 정령을 데리고 온다

부석사 사과꽃

부석사 사과꽃들이

발길을 붙든다

하얀 숨결,

결 고운 향기가

비올라의 선율 같다

아침 느낌

해맑은 아침이다
풀잎에 맺혀 반짝이는 이슬방울,
가볍게 부딪는 유리잔 소리

맨발의 햇살이 뛰어내린다
양지바른 담장 밑 사금파리들이
내리쬐는 햇빛을 되쏜다
몸을 추스르며 일제히 하늘로
팔을 쭉쭉 뻗고 있는 나무들

유리잔 속 찬물을 들이켜고
아스라한 하늘을 올려다본다
새들이 밝게 조잘거리고
몇 줄기 하늬바람이 처마 끝의
풍경 소리를 흔들어 깨운다

차츰 가까이 다가서는 앞산,

이슬같이 영롱한 몇 마디 말이

풀잎에 파닥인다

봄, 낮꿈

마을이 풋풋하게 부푼다
온갖 나무들이 꽃을 피우고
그 가마를 탄 마을이 붕붕 뜬다

나는 마을 한가운데 들어앉는다

눈을 감으면 앉은 채 날아오른다
따스하고 부드러운 바람이
안 보이던 길들을 튼다

오로지 한 길로만 따라 나선다

햇살이 곤두박이로 내리고
인근 산들은 깨금발을 딛는다
나는 이윽고 옥빛 하늘에 닿는다

삶은 어쩔 수 없는 뜬구름일까

마을이 천천히 제자리로 내려온다
나는 한갓되이 구름처럼 떠돌다
한 알 먼지로 되돌아온다

높으락낮으락

높으락낮으락 어깨 겯는
높드리*들
저 밭들이 품어 안은 이랑들

높으락낮으락
두둑마다 새 생명들이 돋아난다
높으락낮으락
덩덜아 산골짜기에 내리고 있는
봄비, 봄비 소리

단비에 온몸을 한껏 달구는
높드리들
높으락낮으락 법석이다

* 높고 메마른 산골짜기의 논밭

꽃비와 주마등

백목련 자목련 함께 지고 있네
벚꽃들도 무리 지어 지고 있네

내 마음 빈터에 흩날리는 꽃비
내리는 꽃비를 맞고 또 맞으며
저물녘에 홀로 술잔을 기울이네

세상 모든 건 스쳐가고 마는 것
빈 술병에는 무엇이 채워지려나
너는 떠나가고 나도 가야 하는데

빈 하늘엔 희미한 주마등 하나
꺼질듯이 매달려 흔들리고 있네

물망초

세월은 흐르는 물과 같다고 했던가
화분의 물망초가 시들고 있다
오후 한때의 따스한 햇살

베란다의 먼지 낀 창유리를 닦는다
녹슨 수레바퀴가 헛돌듯
어른거리는 너와의 기억들,
투명한 벽이 된 유리창 이쪽과 저쪽

우리 사이에는 언제까지나 건너지 못할
레테의 강이 흐르고 있는 것일까
잊으려 하면 더욱 목마르고
그 운명을 안타까워해야만 하는 걸까

너는 끝내 못 돌아오더라도
그 언약들만은 여전히 생생하다
내 가슴속의 물망초는 시들지 않는다

이슬방울 하나

해와 달은 조롱 속의 새요,
세상은 물 위에 뜬 풀잎 하나
천지도 하나의 손가락이라는
장자莊子와 두보杜甫의 말,

너무나 오래된 그 말들을
이제야 마음의 귀로 듣는다
저리도 높지만 낮추어 듣는
하늘을 우러러 바라본다

둥지에 깃들어 단꿈을 꾸는
새들의 잠은 깨우지 말아야지
아득히 비어 있는 하늘 아래
투명하게 맺히는 풀잎 이슬들

나는 한갓되이 글썽이는
하나의 이슬방울인 것을

연못가에서

새들이 그림자를 떨어뜨리고 간다

연못에 내린 옥빛 하늘 자락

새소리도 물 위에 어려 있다

못가에는 연꽃 몇 송이

봉오리들을 터뜨리는 중이다

나는 애써 봐도 못물에

그림자를 떨어뜨릴 수가 없다

그러나 새들이 날아간 언덕의

나무들 푸른 꿈속에 깃들고 싶다

높새바람 분다

높새바람 분다
세상이 너무 팍팍하다

목이 마르고 가슴이 탄다
초목도 작물들도 타들어 간다

동해에선 비를 불러 주던 바람,
태백산맥을 넘어오는 동안
몸도 마음도 다 바꿔 버린
메마르고 가파른 살곡풍殺穀風,

욕망의 큰 산을 빚고 또 빚는
사람들의 기막힌 바람 소리

등 돌린 여인 마음 같은
높새바람 분다

황사黃砂 한낮

잔모래바람이 또 해를 가리고 있다
햇살이 발을 오그리며 내려오고
나는 자꾸만 아래로, 아래로,

흐릿한 길을 더듬으며 내려간다
내가 나를 들여다보다가 눈을 감으면
되레 길이 더 잘 보인다

땅속에서 천천히 땅 위로,
다시 하늘로 솟아오르려는 듯
팔을 치켜드는 나무들
제자리에서 깨금발 딛는 풀들

보라는 듯이 새들이 날아오른다
하지만 눈을 떠 보면
잔모래바람이 또 눈앞을 가린다

낮게 주저앉아 올려다보면
해는 여전히 잔모래바람 너머다
땅 위의 사물들이 나를 내려다본다

따뜻한 마을

풀벌레 소리에 간간이
포개어지는 산사의 범종 소리
고즈넉한 산발치의 작은 마을은
따뜻하고 포근해 보인다
일터에서 막 돌아오는 사람들이
두 손 모으고 걷기도 한다
성당 종탑에 비스듬히 걸렸던
노을도 미끄러져 내린다

먼 데서 들리는 범종 소리의
여운마저 풀벌레 소리에 묻힌다
마을 쪽으로 다가가는 동안
하늘엔 하나둘 별들이 눈을 뜬다
산발치 마을의 지붕 낮은 집
불 켜진 사랑채의 툇마루에 앉아
따뜻한 물 한 잔 마시고 싶다
마음을 다시 데우고 싶다

외딴마을 불빛

외딴마을 저녁 불빛이
저리도 따스해 보인다
그림처럼 바라보며 언 손을 비빈다

해종일 왜 그리 해매고 떠돌았는지
사람들 틈에서 왜 그리
사람들을 그리워했는지

별들이 어두운 하늘에
흩어져 앉아 반짝인다
바위에 기대서서 별빛을 끌어당긴다

바람은 끝없이 어디로 가고 있는지
흔들리는 마음 붙들며
불빛을 향해 걸어간다

부재不在

바람결에 나뭇잎들이 흔들린다
흔들리는 나뭇가지에
참새 몇 마리 나란히 앉아 지저귄다

구름은 흐르듯 말듯 천천히 가지만
시간은 잰걸음으로 간다
늘 같은 속도로 비정하게 간다

나무 그늘에 우두커니 앉아서
내가 나를 들여다본다
들여다보면 볼수록 자꾸만 작아진다

하늘엔 비행기 한 대 점점 멀어진다
작디작은 점이 됐다가
가뭇없이 사라져 버리고 만다

꿈길을 가며

꿈길을 가다 보면 언젠가
새로운 길을 만나게 될는지
너 죽고 나 살자는 지금 여기를 지나
너 위하다가 내가 따뜻해지는,
우리가 하나로 어우러지는,
그런 길이 열리는 때가 오게 될는지
꿈속의 길은 언제까지나
거기 그대로만 있게 되고 말는지

달도 없이 캄캄한 밤
찬바람에 맑게 울리는 풍경 소리,
하늘에는 별들이 성글게 뜨고
지우고 비워도 차오르는 허접 생각들,
애써 버리고 내려 보려고
안 보이는 길 더듬어 꿈길을 간다
찬바람 속 별빛 따라,
맑은 풍경 소리 따라 꿈길을 간다

4

반구대盤龜臺 앞에서

저 엎드린 거북바위는
수천 년 동안 쟁이고 되새겨 온
말없는 말들을 말하고 있는 것일까
큰 바위거북이 엎드려 거느리는
침묵 속의 저 신성한 꿈들이
수천 년 뒤의 내 꿈을 흔들어 댄다
나는 그 바깥에서 들여다보고
그 안의 신석기 사람들의 꿈이
나를 그윽하게 내다보지만,
그 안의 청동기 고래와 사슴과 새들이
날아오고 뛰어오고 물살을 가르지만,
그 앞에 아무리 조아려 봐도
도무지 말귀마저 트이지 않는다
내 낮고 작은 꿈은 한갓되이
저 억겁의 꿈 언저리를 맴돌 뿐,
바위거북은 언제까지나
아득한 꿈들을 쟁이며 엎드려 있겠지만

나는 그 등에 떨어지는 낙엽 몇 잎을

우두커니 바라보다 가야 한다

그 앞의 흐르는 물 위에 잠시

꿈을 포개어 보다 떠나야만 한다

금문교

동촌의 아양교를 건너다가
불현듯 떠오른 금문교,
샌프란시스코의 그 안개 낀 다리에서
뛰어내리고 싶은 충동을 누르던
사반세기 전 기억이 나를 부추기는 걸까
꿈속을 헤매듯이, 떠밀리듯이
예까지 왔건만, 사는 게 뭔지
오고 가는 게 저 안개 속 강물 같다는
느낌이 문득 들어서일까

간밤 악몽 지스러기들이
덜 지워져서 그런 건 아닐 듯한데,
나직나직 흐르는 금호강물이
아득한 기억 속 금문교 밑의
급물살과 무슨 함수관계라도 있는 건지,
아래로 낮게 마음 데려가면서
세 개비째 담배에 불을 지피는데

친구가 등을 두드린다
강 건너 주막에 들자고 한다

먼 산타 루치아

베네치아 현지 여행 안내자가
선글라스를 낀 채 망설이며 인사한다
낯익은 듯 안 그런 듯도 해
나도 선글라스 너머로 목례만 한다
몇 시간 지난 뒤 곤돌라를 타면서
난처한 듯, 쑥스러운 듯
그는 선글라스를 벗으며 말한다
"아직 별로 변하지 않으셨네요"
오래전 음악회와 술자리에서도
이따금 노래를 듣던 성악가다
몇 해나 고전해도 자리를 못 잡아
유학했던 이 나라로 다시 와서
이런 생활을 하고 있다고 털어놓는다
몇 해 동안 로마, 피렌체를 거쳐
성악가 부인과 함께 이곳에 정착했다며
조국이 그리운 듯 먼 하늘을 바라본다
나도 그의 눈길 가는 데를 쳐다본다

오 솔레미오, 돌아오라 소렌토로,

먼 산타 루치아……

그의 노래가 세 곡이나 이어진다

예와 그날의 감정이 어우러진 노래다

다른 곤돌라에 탄 일행들까지 환호하지만

그와 나는 약속이라도 한 듯

아득히 먼 하늘을 바라본다

선글라스를 낀 채 눈을 맞추기도 한다

햇살이 여전히 쏟아져 내리고

곤돌라는 선착장에 닿고 있다

인터라켄에서

융프라우의 만년설이
하늘을 떠받치고 있다

수평으로 휘날리는 눈보라
바로 눈앞도 분간할 수 없다
눈감고 있으니 나도 모르는 사이

마음만 제 먼저 산악 열차로 하산
올 때의 그 첫 역에 내리고 있다

누군가 발길을 재촉해 눈을 뜬다
얼음 궁전 돌아서 열차를 타고
환승해 되돌아온 인터라켄

맨몸 지붕들도 하나같이
하늘을 떠받치고 있다

세느강이 흐르듯이

강물은 아래로만 흘러갈 뿐
언제까지나 되돌아오지 않는다
오늘도 세느강은 흐르고
미라보 다리 아래 밤배 타고 지난다
찬란한 조명을 받고 있는 에펠탑
그 너머로는 희미하게 별들이 뜬다
영영 가 버린 지난날들이
먼 하늘의 별들보다 아득하다
끌어당길수록 멀어져 간다

기욤 아폴리네르의 시 몇 구절이
강물에 어른거린다
세느강이 흐르듯이 나도 흐른다

그분과 미선나무

그분이 홀연 떠나고
미선나무 열매가 떨어진다
그분의 부채꼴 꿈들이 떠오른다
활짝 펼쳐지면서 바람을 일으키던
그분의 부채, 그 부채 바람이
왜 가슴에 절절히 맺히는지
자꾸만 눈앞이 흐리다

지난여름은 지독했다
숨 막힐 지경으로 무더웠다
세상은 거꾸로 돌아가기만 하고
곤두박이며 그분을 바라보곤 했다
그분이 펼쳐 들던 큼직한 부채,
그 부채 바람에 눈을 뜨며
하늘을 우러르곤 했다

그분이 홀연 떠나도

두고 간 부채꼴의 꿈들을,
그 부채 바람을 더듬어 짚으면
미선나무의 말 없는 말이 들린다
열매들을 땅에 떨어뜨리면서
높게 높이 길 트는 말들이
그분의 말들로 들린다

우두커니

그 사람 영영 떠나고
고욤나무 잎사귀들이 떨어진다
남은 고욤들은 필사적으로 매달린다
스산한 바람, 바람 소리

누군가 등 뒤로 스쳐지나간다
저리도 바삐 어디로 가는 걸까

불꽃 같던 단풍나무 잎사귀들도
어지러이 흩날린다
마지막 춤이라도 추는 것일까

우리는 어디서 와서 어디로 가는지
옷자락 흔드는 바람,
그 사람은 가고 싶은 길을 간 건지

마른 풀숲에서 꼬물거리는 벌레들,

햇살은 느릿느릿 발길을 돌린다

구름 그림자들이 지워지고
멀건 낮달도 서산을 넘고 있다
붉은 노을도 제 갈 길을 가고 있어도
나는 우두커니 서 있다

그와 나

안 보이는 길을 찾으려고
이다지 꿈을 좇으며 왔다
목마르게 기다리는 그가 이따금
등 뒤로만 어렴풋이 느껴진다
돌아보면 미망과 무명뿐
가도 가도 아득한 길

그제도 어제도 헛걸음,
오늘도 빈 수레의 바퀴를
헛돌리고 있는 중이기만 할까
어쩌면 그를 기다리는 게 아니라
떠나 버린 나를 기다리며
목말라하는 건 아닐는지

가도 가도 머나먼 길
내가 나를 찾아가는 길은
그를 찾아나서는 길과 같은 것,

가고 없는 그도 나도 언제까지나

애타게 기다려야만 할까

몽매에도 기려야만 할까

이미, 그러나 아직

봄이 완연하다
이미,

그러나 아직
기다리는 봄은 오지 않는다

꽃들이 피었다
이미,
그러나 아직
내 마음엔 꽃이 피지 않는다

그가 떠나갔다
이미,
그러나 아직
그가 영영 떠나지는 않았다

그가 돌아왔다

이미,

그러나 아직
그를 애타게 기다려야 한다

분지盆地의 맹그로브*

바닷가의 맹그로브 같다
그는, 이 분지에 붙박여 살면서도
뭍과 물 사이를 기웃거리는 나무 같다
그 경계를 넘나드는 숲 같다

물에서 뭍으로, 뭍에서 물로
마음 주다가 거둬들이고 다시 보내는
그는 그런 지점에서 뿌리내리는 나무,
그런 나무들이 울창한 숲 같다

내가 이 분지의 하늘을 쳐다보면
그는 비웃기라도 하듯 바라보고 있을까
물결치는 대로 쏠리는 그 마음으로
여기의 몸마저 잊어버린 것일까

물과 뭍을 넘나들어야 무성한
나무가 되고 숲이 되는 그의 마음을

미워해야 할지, 부러워해야 할지,
어지러이 바라볼 수밖에 없다

나는 오늘도 이 분지에서
함께 그러나 따로 가고 있는
맹그로브 같은 그를 바라봐야 한다
먼 하늘을 올려다봐야 한다

* 조수潮水에 따라 물에 잠기고 물가의 뭍에서 자라나는 관목이나 교목.

함성

어지럽고 두렵다
오늘 사람들은 어제 그 사람들이 아니다
내가 잘못된 건지, 그 사람들이 그런지,
어제는 지나갔을 뿐
오늘은 달라져야만 하는지,

자주 마음 바꾸고
얼굴 바꾸는 사람들을 밉보면 안 될까
그 사람들을 원망하면 내 잘못일까
생각하면 괴로울 따름,
나도 마음 바꿔야만 할까

망연자실 주저앉아
남 탓으로만 들끓는 세상을 바라본다
문득 떠오르는 광우병 촛불 행렬,
요즘 행렬은 그와 다른 건지
광장과 거리는 알고 있으련만,

어지럽고 두렵다
오늘 사람들이 내일 또 어떻게 바뀔지
난로의 주전자 물이 펄펄 끓는다
자꾸만 끓어 넘친다
넘치지는 말아야 할 텐데,

지금의 함성은 빌라도 광장의
그 옛날 함성과는 빛깔이 전혀 다를까
끓는 물이 왜 자꾸만 거슬리는지,
들끓는 저 광장과 거리를
저어하는 마음 무겁기 그지없다

냄비 타령

불을 지피면 금방 달구어졌다가
이내 식어 버리는 양은 냄비

누군가 요즘 사람들 마음도 그렇다고 한다
뜨거워졌다가 금세 식고 마는 냄비 속
섞어찌개 같다고도 한다

누가 불을 지폈다가 껐다가 하는 건지
세상이 오락가락 요동쳐서
갈팡질팡, 중심을 잡지 못하는 사람들
어제의 적이 오늘은 동지
오늘의 동지는 내일 또 어떻게 바뀔지
누가 불을 지폈다가 끄면
식어 버리고 다시 뜨거워졌다가 식는

우리는 냄비인지, 섞어찌갠지
먹은 마음을 그대로 가져가기는커녕

그런 사람들을 되레 바보 만들지 않았는지

누군가가 제 탓 먼저 하라고
죽비를 내리쳐도 먹혀들기나 할는지

세상 타령

세상이 거꾸로 가는 것만 같아
내가 거꾸로 가서 그런 걸까라는
생각을 해 봅니다
가까웠던 사람들이 멀어지는 것 같아
도리어 내가 멀어져서 그럴까라는
생각도 해 봅니다

이 생각 저 생각에 불 지펴 봐도
세상은 마냥 안갯속입니다
그래도 가지 않을 수는 없습니다

내가 길을 잘못 들었든 세상이 그렇든
둘 중의 하나인 것으로 보입니다
하지만 내가 잘못 가고 있더라도
세상이 거꾸로 가서는 안 될 일입니다

마음 바꾸고 길도 바꾼 사람들이

보란 듯이 줄지어 가지만
눈뜨고 바라보기 민망스럽습니다

내가 길을 거꾸로 가고 있는지
바람 따라 가는 사람들이 그런지
두고봐야 할는지요
세상 바뀔 때마다 바뀌어야 옳은 건지
바뀐 세상이 다시 바뀌어야 할지도
두고볼 일일는지요

귀를 막아도

솥과 냄비에도

귀가 있다. 벽에도 있다.

하지만 나는 애써 귀를 막는다.

낮의 말은 새가, 밤의 말은 쥐가

듣는다. 너무 들어 이젠 들으나 마나다.

산과 들판, 집들이 비틀거린다.

거친 바람 부는 밤이 이슥토록

생각은 자꾸만 뒤죽박죽 얽히고설킨다.

물바다, 흙탕물바다, 아우성바다……

아무리 막아도 귀가 먹먹하다.

산과 바다에도 귀가 있다.

하늘에도 있다.

꿈꾸듯 말 듯

사는 게 꿈꾸기라고 생각해 왔는데
이젠 그 생각이 좀 달라지는 것 같습니다

아무리 꿈꾸어도 언제나 제자리걸음 같아서,
꿈은 어디까지나 꿈일 뿐이어서
그런 것일까요
꿈을 꾸다가 지칠 대로 지쳐서,
그 미련마저 떨쳐 버리고 싶기 때문일까요

아무튼 요즘은 꿈꾸듯 말 듯 길을 나섭니다
때로는 게걸음으로 느리게 걷습니다

지우고 비우고 내려놓아야겠다고 마음먹으며
꿈 밖에서 서성거리기도 합니다
멍하니 서 있거나
결가부좌 틀고 앉아 있다가도
이내 마음 바꿔 흐르는 물같이 가곤 합니다

비바람 불고 눈보라 몰아쳐도 꿈꾸듯 말 듯
한결같은 그 걸음으로 가려 합니다

(그런데 또 왜 이런 꿈을 꾸는 거지요……)

거울이 물끄러미 나를 본다

초월에의 꿈과 그 변주

이태수

*

등단 초기부터 삶의 이상적 경지에 도달하기 위한 내면 탐색을 거듭해 왔다. 그 탐색은 몸담고 있는 공간의 구체성보다는 주로 정신적 지향처인 추상성에 착안하면서 초월 의식에 은밀하게 무게 중심이 주어진다. 현실에 뿌리를 두면서도 '지금·여기의 세계'라기보다 밝고 투명한 '다른 세계', 또는 '이상 세계'에 주어지는 경우가 많은 것도 그 때문이다. 이 같은 발상은 비루한 현실을 비켜서는 게 아니라 그 극복을 위한 역설적 접근이며, 완곡한 표현의 소산이라 할 수 있다.

초기에는 '실존적 방황'이나 '낭만적 우울'이 빚어 내는 헤맴의 빛깔이나 음산하고 공포스러운 분위기, 암시적 환기력이 두드러진다. 자아를 잃고 가상으로 떠내려가면서 살아가는 자신에 대한 성찰과 소외감이 중심을 이루지만, 초월을 향한 꿈꾸기와 진정한 자아를 회복하기 위한 몸부림에 다름 아니다.

첫 시집 『그림자의 그늘』에 실린 대부분의 시들은 건조하고 황량할 뿐인 일상의 외부 세계와 그 안에서 방황하는 정신의 자화상들이다. 연작시 「그림자의 그늘」의 경우 제목이 암시하듯이, 일상의 흐름 속에 부침하면서 알 수 없는 곳으로 표류하는 현실적 자아(그림자)와 주체로서의 자신과 현실을 제어할 수 있는 힘을 가지지 못한 채 오히려 그림자에 이끌려 어두운 방황을 거듭하는 내면의 얼굴(그늘)을 교차시키면서 진정한 '내 얼굴'을 잃어버린 아픔을 그렸다고 할 수 있다.

두 번째 시집 『우울한 비상의 꿈』에서는 말을 비천하게 만드는 현실에 좌절되면서도 밝고 자유로우며 사랑으로 가득 찬 내일을 향한 꿈을 주로 노래했다. 끝없이 절망하면서도 그것을 초극하려는 몸부림으로 비전이 없는 실존적 방황에 상승 이미지를 부여하는 양상을 연출해 보기도 했다. 또한 이 시집에는 진정한 말을 향한 갈망이 번져 있기도 하고, 때로는 거기서 뛰쳐나오려는 열망이 더 강렬해지면서 동적인 이미지와 어휘를 낳았던 것 같다.

관념적인 세계 천착(20대), 삐걱거리는 현실에 대한 고통과 그 초극을 향한 터널 지나기(30대 초반)를 거친 뒤 다다른 지점이 바로 세 번째 시집 『물속의 푸른 방』의 역설적인 세계다. 이 무렵에는 걸어가야 할 길이나 다시 찾아야 할 꿈이 설정되고, 그 이전보다는 다소 밝고 맑은 세계를 더듬는 방향 감각을 찾게 됐다.

비록 현실은 추하고 불순하더라도 그 바깥이나 그 깊숙이 어떤 순결하고 명징한 세계가 있을 수도 있다는 전망이 그 것이었다. 그래서 '내려가기의 꿈', 또는 '낮은 꿈'으로 방향을 바꾸게 됐다. 비현실적 상황 설정은 역설이며, 새로운 길 찾기의 형이상학적 추구에 다름 아니었던 것 같다.

1990년대로 접어들면서는 다시 '꿈을 뒤집어 꿈꾸기'라는 길을 만들며 걸어가려 했다. 이 같은 정신적 떠돌기의 궤적은 시집 제목들이 어느 정도 암시하고 있다. 『그림자의 그늘』(1979, 심상사), 『우울한 비상의 꿈』(1982, 문학과지성사), 『물속의 푸른 방』(1986, 문학과지성사), 『안 보이는 너의 손바닥 위에』(1990, 문학과지성사)라는 시집 제목들은 그런 빛깔을 얼마간씩 드러낸다.

그 이후의 『꿈속의 사닥다리』(1993, 문학과지성사), 『그의 집은 둥글다』(1995, 문학과지성사), 『안동 시편』(1997, 문학과지성사), 『내 마음의 풍란』(1999, 문학과지성사), 『이슬방울 또는 얼음꽃』(2004, 문학과지성사), 『회화나무 그늘』(2008, 문학과지성사)이 나오기까지 꿈을 꾸는 양상은 온건한 듯 반드시 그렇지만은 않은 양상을 띠고 있다.

네 번째 시집 『안 보이는 너의 손바닥 위에』는 '꿈을 뒤집어 꾸기', 즉 '꿈의 무화'라는 빛깔을 묻히거나 '꿈 버리기의 꿈'으로 풀이될 수 있는 마음의 그림들을 담았다. 그래서 다시 이르게 된 지점이 '그'와 '너'를 그리워하며, 인간적이면서도 인간의 한계를 뛰어넘고, 그러면서도 절대자(신)보다는 인간에 가까운 존재인 '그'를 목말라 하고 열망하는 길을 나서게 됐다. 하지만 언제까지나 '너'는 '너'일 뿐이어서 '길 밖의 길'을 서성거릴 수밖에 없었다. 이 무렵의 적지 않은 시편들은 무기력하고 상투화된 현대인의 결핍을 충족시켜 본래의 자리로 되돌려줄 정신적 희구의 대상으로서의 '그'를 찾아가는 도정에 주어졌다.

다섯 번째 시집『꿈속의 사닥다리』는 그 연장선상에서 무화된 꿈을 다시 일으키고 상승 작용을 모색하는 '사닥다리 놓기의 꿈', 잃어버린 말과 길 찾기에 주로 주어졌다. 이때부터는 '중심잡기'의 여유가 어느 정도 개입됐으며, 안 보이던 길이 흐릿하게나마 모습을 드러내고, 잃었던 말들이 차츰 되살아나는, 그 공간이 조금씩 넓어지는, 따스함과 부드러움에 닿게 됐다.『꿈속의 사닥다리』는 그런 열망의 묶음이라 할 수 있으며, 종래와는 달리 상승 이미지와 하강 이미지의 복합적 구사에 의한 새 꿈에 불 지피기의 양상을 보여 주려 했다.

그 다음에 마주친 화두가 '둥글음에의 지향'이다. 그런 빛깔과 무늬들이 핵심을 이루는 여섯 번째 시집『그의 집은 둥글다』는둥글고 푸르고 맑은 이데아로서의 '그'를 찾아 나서고, 나를 포함한 세상이 그런 둥글음의 세계가 될 수 있기를 바라는 기구와 현실 초월에의 의지를 집중적으로 그렸다. 이때의 '그'는 인간과 절대자(신)의 중간 지점에 자리매김하면서 인간의 차원을 훨씬 넘어선 존재이다.

일곱 번째 시집『안동 시편』은 안동에 한동안 머물면서 쓴 작품들의 묶음이다. 유림의 고장으로 불리는 안동이 거느리고 있는 고즈넉한 정서, 그 안켠에 완강하게 자리매김한 뿌리 의식이나 도도한 선비 정신과 마주치면서 빚어진 '정신의 그림들'을 주로 담았다. 이방인으로서의 안동 떠돌기, 잘 안 보이지만 높고 깊게 흐르는 듯한 선비 정신 더듬기가 하나의 은밀한 밑그림을 이루고 있다고도 할 수 있다.

여덟 번째 시집『내 마음의 풍란』은 앞의 시집들이 안고 있는 명제들을 복합적으로 아우르면서 뚜렷한 가치관의 부재와 진실을 담기 어려운 언어, 미궁 같은 삶에 대한 성찰들을 담았다. 이 때문에 '나'를 둘러싸고 있는 풍경들의 일천함, 현실의 비속함으로부터 벗어나려는 조용하지만 완강한 몸부림(때로는 비실재적인 현상에 대한 그리움)을 되풀이했다. 이 무렵에는 안으로 다져 넣은 형이상학적 고뇌, 더 나은 삶에의 추구와 초월 의지를 은밀하게 다지기도 했다.

등단 30년을 맞아 낸 아홉 번째 시집『이슬방울 또는 얼음꽃』은 줄기차게 천착해 온 서정적 자아의 본질 탐구, 초월적 진리인 '그'에게로 다가가려는 간절한 몸짓, 그러나 거기에 가

닿지 못한 속세의 범부가 겪는 실존적인 불안과 우울 등이 주된 흐름을 이루고 있다. 혼탁한 '세상살이의 길'과 그 가운데서 꿈꾸어 보는 '초월에의 길' 사이에서 비틀거렸지만, 현실에 대한 '반발의 정신'이 개입되기도 했으며, '일상적인 길'을 뛰어넘어 본질적이고 이상적인 '초월의 길'을 추구했다.

열 번째 시집 『회화나무 그늘』은 시적 행로가 내면의 어둠에서 자연 속의 그늘로 나오는 과정과 경위를 표출하는 데 주어졌으며, 내면적인 자아가 자연에 놓이는 자아로 이행하는 사유의 변주들이라 할 수 있다. 한없는 자기 낮추기와 작아지기를 통해 불순하고 뒤틀린 세계를 뛰어넘으려는 초월에의 꿈과 오래 열망해 온 '그'에게 다가서려는 몸짓이 낮으면서도 완강한 빛깔을 띠고 있기도 하다.

열한 번째 시집 『침묵의 푸른 이랑』(2012, 민음사)과 열두 번째 시집 『침묵의 결』(2014, 문학과지성사)은 '침묵'에 들기와 떠받들기를 중심으로 '비우기'와 '지우기', '내려놓기'를 화두로 삼았다. 자신을 들여다보는 시간을 늘리면서 말에 대한 외경심이 커지기도 했다. 세상의 말들이 때로는 걷잡을 수 없는 '수다'로 들리고, 그 소음들 속을 어쩔 수 없이 헤매면서, 막스 피카르트의 침묵의 형이상학에 관한 글들이 새삼 마음을 사로잡고 있었기 때문인 것도 같다.

이태수는 언어를 통해서 언어를 넘어선 침묵의 세계를 동경하거나 성스러운 침묵의 언어를 탐구한다. 물론 그의 탐구는 절대적인 '무無'와 초월의 세계에 이르기 위한 것이 아니라 세속적 현실의 세계로 돌아오기 위한 것이다. 마찬가지로 그것은 시의 언어를 떠나기 위한 것이 아니라 진정한 시의 언어로 귀환하기 위한 것이다. 그것은 "침묵의 한가운데서", "또 다른 침묵으로 가는 길 위에서" 태어나는 시의 언어는 "침묵만이 말의 깊은 메아리를 낳"기 때문에 자유와 해방을 위해서 언어는 언제나 침묵과의 긴장 관계를 잃지 말아야 한다는 것이다.

―문학평론가 오생근 교수의 해설 부분

역시 '침묵'을 중심 화두로 한 열두 번째 시집 『침묵의 결』의 표사에 다음과 같이 쓴 바 있다.

침묵은 말이 그치는 데서 시작된다. 하지만 침묵은 말이 그치기 때문에 시작되는 건 아니다. 그때야 비로소 분명해지므로 오늘날 은폐돼 있는 침묵의 세계는 말을 위해서라도 다시 분명하게 드러나야 한다. 진정한 말이 눈뜨는 미지의 세계를 품고 있는 침묵은 그 속에 끌어안고 있는 사물들에 신성한 힘을 부여하며, 그 존재성이 침묵 속에서 강화되게 마련이다. 침묵은 늘 제자리에 그대로 있지만, 말은 침묵 없이 홀로 있을 수 없고, 그 배경 없이 깊이를 가질 수도 없다. 말은 침묵에서 나와 다시 침묵으로 되돌아간다. 그러나 침묵은 언제나 절대적인 말을 잉태한다. 시 쓰기란 그 절대적인 말, 신성한 말을 찾아 나서는 일, 침묵 속으로 깊숙이 들어가 그런 말들을 끌어안고 나오는 몸짓이 아닐는지…….

이 시집에 대해 '예술과 자연, 하나 되다'라는 주제로 쓴 문학평론가 김주연 교수의 해설 중 한 부분을 인용해 본다.

시력 40년의 중진 시인 이태수의 근작 시집『침묵의 결』은 신과 자연, 자연이 함축하고 있는 언어, 인간의 언어와 비인간의 언어 등 이 세계의 본질과 현상에 대한 많은 문제들을 불러 놓는다. (중략) 시인의 소망은 '신성한 말'이다. 그러나 그 말은 멀리서 희미한 빛을 보일 따름이어서 시인은 안간힘으로 그저 길을 나설 뿐이다. (중략) 자연/ 신성/ 침묵의 포괄항은 때로 시끄러운 인간 세상마저 뒤덮으면서 신성성의 세계를 준다. 인간의 언어로 조직되어 있으면서도 끊임없이 신성을 환기시키는 이태수 시의 핵심은 결국 이러한 명제 둘레를 맴돈다. (중략) 그러나 시인은 절망하지 않고 그 풍경들을 "끌어당긴다." 말을 잃었으나 자연 속의 신성을 기웃거리는 모습은 새로운 소망을 예감케 한다.

열세 번째 시집『따뜻한 적막』(2016, 문학세계사)은 '침묵'이 중심 화두인 시집『침묵의 푸른 이랑』,『침묵의 결』에 이어 내놓은 시집으로 '적막'을 따뜻하게 끌어안는 마음의 그림들을 진솔하게 담았다. 등단 이후 오랜 세월 '초월에의 꿈'을 기본 명제로 더 나은 세계 꿈꾸기로 일관해 온 것 같지만, 2010년대 들어서는 신과 자연, 자연이 함축하는 언어, 인간의 언어와 비인간의 언어 등 이 세계의 본질과 현상에 천착하면서 신성 환기에 무게 중심을 두어 왔던 것 같다.

『따뜻한 적막』은 자연과 어우러진 심상 풍경들을 겸허하고 신성한 언어로 감싸 안고, 적막한 현실 너머의 따스한 풍경에 다가가거나 그 풍경들을 끌어당겨 깊이 그러안으려는 형이상학적인 꿈에 무게를 실어 보려 했다. 마음을 내려놓고 비우노라면 적막마저 그윽해지는 느낌을 안겨 주었다. 해설을 통해 문학평론가 김인환 교수는 "시인은 침묵과 적막 속에서 근거 자체에 대한 믿음을 확인한다. 궁극적 근거를 굳게 믿고 있다는 점에서 시인의 적막은 따뜻한 적막이다"라고 했다.

마음 가난하고 적막한 사람들 가까이 다가가 따뜻한 위안이라도 될 수 있었으면 하는 바람은 그 이후에도 무늬와 결을 다소 달리하면서 여전히 지속됐다. 외로움이나 쓸쓸함, 허무와 무명마저도 따뜻하게 끌어안으면서 '위무와 위안의 시', 낮은 소리로 따뜻한 세계를 지향하는 '긍정의 시'를 빚어

보고 싶었기 때문이다.

『따뜻한 적막』에서와 같이 기본 명제(중심 화두)가 '초월에의 꿈'인『거울이 나를 본다』는 완만한 역설의 자기 성찰로 자연과 내면을 넘나들면서 빚어지는 심상 풍경들을 떠올리는 한편, 때로는 파토스와 에토스들을 비켜서지 않고 진솔하게 내비치는 빛깔을 띠고 있는 점도 조금 다르다고 할 수 있다.

표현 기법도 앞의 시집『따뜻한 적막』과 마찬가지로 실내악이나 교향악처럼 처음과 끝이 같은 'A-B-A' 형식이 거의 예외 없이 도입돼 있으며, 역시 같은 맥락의 회화적(시각적) 효과를 얻기 위해 시의 행과 연의 앞뒤 흐름이 대칭 구조를 이루도록 구성하고, 형태미를 더 강화하기도 했다.

이 같은 시도는 술과 술잔의 함수관계가 그렇듯이, 형식이 내용의 맛과 분위기를 한결 돋우어 주리라는 생각 때문이며, 시의 특성을 온건하면서도 완강하게 유지하면서 더욱 단정하고 정결한 문체를 지향하고 선호하는 개인적인 취향 때문이기도 하다.

분별의 창을 닫고 관조하는 자아상

이진홍(시인)

*

어느덧 시력 44년의 이태수 시인이 열네 번째 시집을 상재하고 있다. 그는 1979년에 펴낸 첫 시집『그림자의 그늘』이후 이번의『거울이 나를 본다』에 이르기까지 평균 3년에 한권씩 묶어 낸 셈이다. 그동안 펴낸 시집의 표제들에서도 보이듯, 그는 초기의 실존적 방황과 중기의 비속한 현실을 벗어나려는 길 찾기를 거쳐 후기의 침묵과 적막에 이르는 동안 시종일관 서정을 끌어안으며 초월을 꿈꾸어 오고 있다.

꿈은 그의 작품 도처에 가장 빈번하게 쓰이는 시적 기본어로서 이번 시집만 해도 수록된 66편의 작품 중 19편(28.8%)에 등장하는 빈도수와 그것에 상응하는 높은 강렬도를 보여 준다. 요컨대 그에게 시란 범속한 일상적 삶을 초월하는 꿈꾸기였고, 자아실현의 길 찾기였다. 사실 누구에게나 꿈꾸기란 불만족한 현실에서 보다 나은 이상을 희구하는 상승 지향 의지가 아닌가?

예컨대 이 시집 맨 앞의 시「유리창」은 그런 상승 지향 의지를 완곡하게 드러내 보이는데, 여기서 그의 꿈꾸기는 "유리창 너머를 바라보"는 일이며, 그럴 때 "새들이 날아들고 나무들이 다가"서지만 "다가가고 날아가는 건/ 정작 내 마음일 따름"이라는 것이다. 이 같은 비관적 견해는 투명한 '유리창'이 현실과 이상을 가로막는 견고한 '벽'이라는 인식 때문이다. 그러나 그런 꿈꾸기는 부단히 지속된다.

유리창은 투명하고 견고한 벽이므로,
견고한 만큼 투명하고 투명한 만큼
견고한 유리창은
이쪽과 저쪽을 투명하고 견고하게
갈라놓고 말 것이 너무나 분명하므로,

하지만 오늘도 창가에 앉아
유리창 너머 풍진세상을 끌어당긴다

—「유리창」부분

그렇다면 시인은 왜 "분할된 안팎을 아우르는 꿈에/안간힘으로 날개를 달아"보며, "유리창 이쪽 마음의 빈터에 나무를 심고/ 새들의 노랫소리도 불러 모"으는 것일까? 그에게 시는 범속한 일상적 삶을 초월하는 꿈꾸기이며, 자아실현의 길 찾기이기 때문일 것이다.

1. 꿈꾸듯 말 듯

그런데 이번 시집에서 시인은 꿈꾸기에 대한 의식의 변화를 보이고 있다. 그는 "사는 게 꿈꾸기라고 생각해 왔는데/ 이젠 그 생각이 좀 달라"져서 "꿈 밖에서 서성거리기도" 한다고 말한다. 꿈꾸기가 아니라 꿈밖에서 서성거리기라는 것은 꿈꾸기의 시인에게는 주목할 만한 변화임에 틀림없다.

그러나 시인은 곧 이어서 "요즘은 꿈꾸듯 말 듯 길을 나서며" "비바람 불고 눈보라 몰아쳐도 꿈꾸듯 말 듯/ 한결같은 그 걸음으로" 가겠다고 한다. 그렇다면 달라진 것은 '꿈꾸기'에서 '꿈꾸듯 말 듯' 만큼이다. 이 말은 얼핏 보기에 별 차이가 없는 것 같지만, 그러나 바로 이 차이가 이번 시집의 중요한 의미를 드러내는 것으로 보인다.

사는 게 꿈꾸기라고 생각해 왔는데
이젠 그 생각이 좀 달라지는 것 같습니다

아무리 꿈꾸어도 언제나 제자리걸음 같아서,
꿈은 어디까지나 꿈일 뿐이어서
그런 것일까요
꿈을 꾸다가 지칠 대로 지쳐서,

그 미련마저 떨쳐 버리고 싶기 때문일까요

아무튼 요즘은 꿈꾸듯 말 듯 길을 나섭니다
때로는 게걸음으로 느리게 걷습니다

지우고 비우고 내려놓아야겠다고 마음먹으며
꿈 밖에서 서성거리기도 합니다
멍하니 서 있거나
결가부좌 틀고 앉아 있다가도
이내 마음 바꿔 흐르는 물같이 가곤 합니다

비바람 불고 눈보라 몰아쳐도 꿈꾸듯 말 듯
한결같은 그 걸음으로 가려 합니다

(그런데 또 왜 이런 꿈을 꾸는 거지요……)

거울이 물끄러미 나를 본다

―「꿈꾸듯 말 듯」전문

시인은 지금까지 사는 게 꿈꾸기라고 생각하고 살아 왔는
데 이제는 꿈꾸듯 말 듯 살겠다고 한다. 그런데 '꿈꾸듯 말

듯'이라는 정황은 사는 게 꿈일 수도 있고 꿈이 아닐 수도 있다는, 매우 애매하고 비논리적인 상태를 의미한다. A와 B는 서로 다른데 어떤 것이 A이기도 하고 동시에 B이기도 하다는 것은 논리적인 모순이기 때문이다.

그럼에도 불구하고 그러한 모순되고 애매한 진술을 하는 것은 이제 그가 자신의 꿈과 현실의 경계가 사라진 곳에 서 있음을 보여 주는 것이다. 그렇게 경계가 사라진 곳에서는 꿈 속의 세계와 꿈 밖의 그것이 서로 다르지 않아 구분할 필요가 없게 된다. 그리하여 그의 '꿈꾸기'는 이제 '꿈꾸듯 말듯'으로 바뀌면서 주객의 대립과 분별을 사라지게 하고, 이 변화를 통하여 시인은 서구의 논리적 분별상을 동양의 초월적 통합상으로 이끌어오게 된다.

2. 뒤뜰에서 우두커니

분별지를 내려놓고, 꿈꾸듯 말 듯 하는 시인에게는 특별히 바쁠 것도 꼭 해야 할 일도 없다. 그저 "구름 그림자들이 지워지고" 붉은 노을이 "제 갈 길을 가고 있어도"(『우두커니』) 그냥 서 있거나, "뒤뜰의 낡은 벤치에 앉아 덧없이/ 구름 그림자를 바라"(『구름 그림자』)보고 있거나 "구름 그림자 아래서/ 서성거릴 뿐(『강가에서』)"이다.

그런데 왜 "꿈꾸듯 말 듯"하는 시인의 눈에 하필 "구름 그림자"가 들어오는가? 그것은 아마도 구름이 새나 바람처럼 주동적으로 움직이는 게 아니라 바람에 밀려가는 피동적 존재인 데다가, 그림자 또한 실체가 아닌 상像이므로 바로 그것에 분별지를 넘어서는 정황 "꿈꾸듯 말 듯"에 닿아 있기 때문일 것이다.

시인은 지금 그를 둘러싸고 있는 현상 세계에 애써 초연하려 한다. 그는 이제 마음을 비우고 뒤로 물러앉아 모든 것을 조용히 관조하고 있다. 그가 서 있는 "꿈꾸듯 말 듯"의 세계에서는 분별지가 소멸되고 자아와 세계의 대립이 사라진다. 이런 상황을 즉자―대자의 종합이라고 할 수 있는데, 시인은 다만 '꿈꾸듯 말 듯' 함으로써 자신도 모르게 그 상태에 이른 것이다.

바람결에 나뭇잎들이 흔들린다
흔들리는 나뭇가지에
참새 몇 마리 나란히 앉아 지저귄다

구름은 흐르듯 말 듯 천천히 가지만
시간은 잰걸음으로 간다

늘 같은 속도로 비정하게 간다

나무 그늘에 우두커니 앉아서
내가 나를 들여다본다
들여다보면 볼수록 자꾸만 작아진다

하늘엔 비행기 한 대 점점 멀어진다
작디작은 점이 됐다가
가뭇없이 사라져 버리고 만다

　　　　　　　　　　—「부재不在」전문

　이 시에 나오는 술어들, 예컨대 '흔들린다' '지저귄다' '간다'
'멀어진다' '사라진다' 등에서 보이듯 세계는 시인과 무관하
게 움직이고, 지나가고, 사라진다. 그러므로 이제 시인은 세
상을 분별할 이유나 필요도 없어서 그냥 '우두커니' 서 있는
것이다. 우두커니라는 말은 넋이 나간 듯 멍하니, 아무 생각
없이 그냥 한 자리에 정지해 있는 모양을 뜻한다.
　바람결에 나뭇잎들이 흔들리고, 흔들리는 나뭇가지에 참
새 몇 마리 나란히 앉아 지저귀고, 하늘에는 구름이 흐르듯
말 듯 가고, 시간은 잰걸음으로 가지만 그런 모든 현상이 그
와는 무관하다는 것이다. 그래서 그는 나무 그늘에 우두커

니 앉아 자꾸만 작아지는 자신의 모습을 들여다보며 자신에 대한 관심을 내비치는데, 그런 관심이 "내 안의 내가/ 그 바깥의 나를 쳐다본다"(「눈을 떠도 감아도」)든지 또는 "나는 미동도 않고 서 있지만/ …… / 미동도 않던 나는 안 보인다"(「나는 안 보이고」)로 나타나고 있다.

그렇다면 '나'는 누구인가?

3. 분별 너머로 물끄러미

앞에서 우리는 "꿈꾸듯 말 듯"의 정황을 꿈과 현실의 경계가 사라진 상태라고 했다. 그런데 시인은 그런 상태에 있는 자신의 모습을 "거울이 물끄러미 나를 본다"고 진술한다. "거울이 나를 본다"는 것은 거울에 대한 일반적인 통념을 뒤집는 말이다. 거울은 빛의 반사를 이용하여 물체의 형상을 비추어 보는 물건이므로 그냥 비추기만 할 뿐, 거울 속에 보이는 것은 모두 바깥의 형상이기 때문이다. 그러므로 누가 거울을 본다는 것은 거기에 반사된 자신의 모습을 보는 것이다.

거울의 속성을 모르던 나르시스는 물에 비친 자신의 얼굴을 바라보다가 수선화가 되었다고 신화는 말한다. 인간이

다른 동물과 확연히 구별되는 점은 그가 자신의 모습을 보고 자신이 누구인가를 묻는 존재, 즉 대자 존재라는 점이다. 즉자를 넘어서는 대자 존재로서의 자신의 모습을 쉽고 확실하게 비쳐 보여 주는 상징물이 거울이다.

우리는 거울을 본다. 그러나 여기서 시인은 거꾸로 "거울이 나를 본다"고 한다. 내가 거울을 보는 게 아니라 거울이 나를 본다는 전도된 진술을 통해서 시인은 즉자—대자의 위치를 바꾸어 보고 있다. 시인이 거울을 보는 게 아니라 거울이 시인을 본다는 역설적 표현은 이제 그가 기존의 분별과 판단의 창을 닫고 그냥 거기 그렇게 있는 즉자 존재의 입장에 처해 보겠다는 의미로 읽힌다. 그렇게 해서 시인은 자아와 세계의 대립을 지양하고 즉자—대자의 종합을 지향하는 것이다.

새들이 나뭇가지에서 조잘거린다
해가 지고 날이 저물자
누군가 어둠살을 헤집으며 걸어온다
산모롱이를 돌고 돌아
그 휘어진 길을 끌면서 다가온다

그는 잠시 손을 흔들더니

두 손을 호주머니에 깊숙이 찌른다

저만큼서 멈춰 서 버린다

새들이 하나둘 나뭇가지를 떠나고

점점 두터워지는 어둠살

불러도 그는 아무런 표정도 없이

어둠 저편으로 가 버린다

눈을 감은 채 어둠속에 홀로 서서

내가 나를 들여다보면서

그가 바로 나였다는 걸 깨닫는다

―「나의 나」전문

날이 저물자 어둠 속에서 누군가 다가와서 잠시 손을 흔들
더니 아무런 표정도 없이 어둠 저편으로 가 버린다. 알 수 없
는 사람, 어둠살을 헤집으며 다가와서 잠시 손을 흔들다가
아무런 표정도 없이 어둠 저편으로 가 버린 "그가 바로 나"였
다고 깨닫는 장면에서, 우리는 시인이 자신의 실존과 조우
하는 모습을 본다.

그러한 조우는 환한 빛(이성 혹은 논리) 속에서가 아니라 날이
저무는 어둠(감성 또는 신비) 속에서 이루어진다. 빛이 아니라
어둠 속에서 그는 "잠시 손을 흔들더니/ 두 손을 호주머니에

깊숙이 찌"르고 멈춰 섰다가 "아무런 표정도 없이 어둠 저편으로 가 버린" 것이다. 그때 시인은 "눈을 감은 채 어둠속에 홀로 서서/ …… / 그가 바로 나였다는 걸 깨닫는"데, 여기서 주목해야 할 것은 어둠 속이라는 상황이다. 어둠 속에서는 사물을 분별할 수 없다. 분별할 수 없어서 분별하지 않았을 때, 시인은 '그'가 바로 '나'임을 깨달았다는 것이다.

여기서 "그가 바로 나"라는 것은 주와 객이 불이不二라는 것, 즉 서로 다르지 않음을 말하는 것이 아닌가? 이렇게 주와 객의 경계가 사라지면 분별이 사라진다. 그리고 분별이 사라진 자리에는 승찬의 신심명의 첫 구(지도무난 유혐간택)처럼 존재의 진리가 드러나게 되는데, 바로 여기서 시인은 자아와 세계가 대립하는 범비극적 삶을 극복하고, 즉자-대자의 종합에 이르게 된다.

이것이 그동안 "안 보이는 길을 찾으려고/ 이다지 꿈을 좇으며 왔다"(「그와 나」)는 그의 시적 목표로서, 그의 꿈꾸기이자 길 찾기였던 것이다. 이제 어느덧 고희를 지낸 이태수 시인은 세속의 분별지를 버리고, 꿈꾸듯 말 듯 우두커니 앉아서, 거울이 물끄러미 나를 보는 것처럼, 그렇게 역설적으로 세상을 관조하고 있음을 이 시집으로 보여 주고 있다.

이태수 시인

1947년 경북 의성에서 출생, 1974년 《현대문학》을 통해 등단했으며, 《자유시》 동인으로 활동했다. 시집 『그림자의 그늘』(1979, 심상사), 『우울한 비상의 꿈』(1982, 문학과지성사), 『물속의 푸른 방』(1986, 문학과지성사), 『안 보이는 너의 손바닥 위에』(1990, 문학과지성사), 『꿈속의 사다리』(1993, 문학과지성사), 『그의 집은 둥글다』(1995, 문학과지성사), 『안동 시편』(1997, 문학과지성사), 『내 마음의 풍란』(1999, 문학과지성사), 『이슬방울 또는 얼음꽃』(2004, 문학과지성사), 『회화나무 그늘』(2008, 문학과지성사), 『침묵의 푸른 이랑』(2012, 민음사), 『침묵의 결』(2014, 문학과지성사), 『따뜻한 적막』(2016, 문학세계사), 육필 시집 『유등 연지』(2012, 지식을 만드는 지식), 시론집 『대구 현대시의 지형도』(2016, 만인사), 『여성시의 표정』(2016, 그루), 『성찰과 동경』(2017, 그루), 미술 산문집 『분지의 아틀리에』(1994, 나눔사), 저서 『가톨릭문화예술』(2011, 천주교 대구대교구) 등을 냈다. 매일신문 논설주간, 대구한의대 겸임교수, 대구시인협회 회장, 한국신문방송편집인협회 부회장 등을 지냈으며, 대구시문화상(1986, 문학), 동서문학상(1996), 한국가톨릭문학상(2000), 천상병시문학상(2005), 대구예술대상(2008) 등을 수상했다.

거울이 나를 본다

이태수 시집

초판 1쇄 2018년 4월 10일
초판 3쇄 2019년 3월 5일

지은이 이태수
펴낸이 김종해
펴낸곳 문학세계사

주소 서울시 마포구 신수로 59-1(04087)
대표전화 02-702-1800
이메일 mail@msp21.co.kr
홈페이지 www.msp21.co.kr
페이스북 www.facebook.com/munsebooks
출판등록 제21-108호(1979.5.16)

값 10,000원
ISBN 978-89-7075-874-9 03810
ⓒ 이태수, 2018

이 도서의 국립중앙도서관 출판예정도서목록(CIP)은 서지정보유통지원시스템 홈페이지
(http://seoji.nl.go.kr)와 국가자료공동목록시스템(http://www.nl.go.kr/kolisnet)에서 이용하
실 수 있습니다.(CIP제어번호 : CIP2018008653)